가슴은 보낼 수 없네

# 가슴은 보낼 수 없네

김효수 네모 시집

하혜경

1964년~2020년

돈도 되지도 않는
글을 쓴다고

가장 노릇도
제대로 하지 못하는

남자를 만나
평생 고생만 하다

먼저 하늘나라로 떠난
집사람에게

마음으로 엮은
이 책을 바친다.

김효수 드림

차 례

제 2 부

## 그날이 오면

제 4 부

# 잊어버린 삶

제 1 부
인생이 변했다

# 이제 어떻게 살아야 할까요

사랑스러운 여인이 팍팍한 살림에 먹고 살기 위하여
날마다 새벽부터 밤까지 몸을 돌보지 않고 일하다가
늘 기회를 엿보며 주위 어슬렁거리는 병이란 놈에게
독하게도 물려서 발버둥을 쳐도 질질 끌려가고 있다
다시 흙이 되려고 조금씩 세상과 멀어지는 여인에게
아무런 힘도 위로도 되지 못하는 현실에 비참하지만
여인을 바라볼 때마다 내색 없이 머리를 쓰다듬으며
너무 걱정하지 마 어떻게든지 일어나게 해줄 테니까
약하게 마음을 먹지 말라고 나만 믿으라고 말하지만

아무도 모르게 소리도 없이 꾸역꾸역 삼키는 눈물은

태풍이 몰고 온 장대비처럼 하염없이 가슴을 때린다

# 바라봅니다

인생길 홀로 걸어가는 여인을 등 뒤에 서서 바라봅니다
다시는 만날 수 없는 길로 걸어가는 여인을 바라봅니다
운명의 장난에 깨져버린 사랑이 다시 하나 되길 바라며
축 처진 어깨 들썩거리며 점점 점으로 멀어져가는 모습
눈에 넣고 그리울 때 꺼내 보려고 하염없이 바라봅니다

# 세상

나는 너와 이 세상에서 남은 세월 애틋하게 살아가고 싶은데
너는 자꾸 저세상 가려고 아픈 몸으로 가쁜 숨 헐떡이는구나
아직도 못다 한 사랑이 여물지도 않은 채 가득히 쌓여가는데
서로 다른 운명의 길을 가려니 젖은 가슴이 쭉 찢어지는구나

# 인생이 변했다

너 저세상에 간 뒤로 괜히 긴 한숨에 눈물뿐이다
예쁜 꽃을 보아도 예쁜 줄을 모르고 멍하니 본다
길을 걷다 반가운 사람을 만나도 그냥 스쳐 간다
너 저세상에 간 뒤로 산다는 맛을 완전히 잃었다

    가슴은 보낼 수 없네

# 그대여

잘난 것도 없고 가진 것조차 없는 나를 만나 비탈길 걸어가던 그대여

갑자기 아파 안녕이란 짧은 말도 없이 날 남기고 하늘나라 간 그대여

고개 숙여 날마다 바라보다 긴 한숨에 눈물로 세월 보내는 걸 알겠소

화창한 날에도 그대 쉬지 않고 마냥 떨구는 눈물방울 내 가슴에 넘쳐

그대 생각하지 않아도 흘러내리는 두 줄기 눈물 얼굴 적시는 걸 보니

# 별

나무마다 울긋불긋 짙게 물들어가는 나뭇잎 뚝뚝 떨어지는 가을날
그대는 사납게 몰아치는 세월의 바람에 비틀거리다 버티지 못하고
나에게 기대더니 몸뚱이에 하나밖에 없는 영혼을 말없이 떨구었지
그대의 몸뚱이에서 떨어진 영혼은 주변을 맴돌다가 별님이 되었지
그런 뒤로 낮에는 세상이 어떻게 돌아가는지 변해가는지도 모르고
미치게 살아가다 어둠이 깊어가는 밤에는 잠드는 것도 잊어버리고
가슴에서 솟구쳐 쏟아지는 눈물로 눈을 닦아가며 바위처럼 멍하니
하늘이 뚫어지게 별님만을 바라보는 초라한 사내로 세월을 보내지

# 낙엽처럼

아무리 그리워도 다시는 만날 수 없는 곳인데
거칠고 삭막한 이 세상에 나만 홀로 남겨두고
너는 갑자기 뭐가 그리 급해 저세상에 갔는가
너를 잃은 충격에 세상에 정을 붙이지 못하고
낙엽 하나 바람 따라서 이리저리 쓸려 다니듯
깊은 밤에도 잠들지 못하고 마냥 거리 헤맨다

# 나처럼

싸늘해진 늦가을 밤에 어둠 서서히 깊어가는데
먹구름 떠돌아다니더니 쉬지 않고 내리는 비에
떨어진 낙엽 땅바닥에 쓰러져 일어나지 못한다
함께 걷던 인생길에서 멀어져 흙으로 돌아가는
너 생각하다 몰려오는 그리움에 견디지 못하고
새우처럼 웅크려 방바닥 눈물로 적시는 나처럼

# 하늘나라

인적이 없는 밖에는 소리도 없이 함박눈이 쌓여가는 긴 겨울밤

홀로 지내려니 가슴이 시려 목청껏 연거푸 그대 이름을 불러요

목이 쉬어도 그대는 전혀 듣지를 못했는지 눈에 보이지 않아요

그대 보고 싶거나 그리워 미칠 것 같으면 내가 찾아가야겠지요

하늘나라 간 사람이 다시 세상에 돌아온 일은 이제껏 없었으니

# 너 하나

너 하나 세상에 없을 뿐인데 어디에도 선뜻 마음 붙이지 못하고
즐겨 먹던 음식을 앞에 두고 배꼽을 잡는 이야기 들어도 귀찮다
너 하나 보이지 않을 뿐인데 모든 것을 잃어버린 홀아비가 되어
인적 없는 길에 갈대처럼 흔들리며 텅 빈 가슴에 고독을 씹는다

# 너를 잃고

나 하나 위하여 평생 궂은날 보내던 너를 잃고
큰 충격에 가슴 찢으며 긴 밤을 눈물로 새워도
짠 눈물은 며칠째 멈출 줄 모르고 얼굴 적신다
너를 잃고 험한 세상 홀로 살아갈 걸 생각하니

# 잠결에

잠결에 옆에서 자꾸 말 걸어오길래
귀찮아도 몇 번째 말에 대꾸해주다
얼굴을 보고 말하려고 부스스 뜨니
전등 불빛에 눈이 부시어 실눈으로
주변 바라보는 순간 놀라고 말았다
내 모습은 커다란 쿠션을 껴안았고
방은 불을 끄지도 않아 한낮이었고
켜진 텔레비전엔 예쁜 여인이 나와
지도 보며 일기예보 전하고 있었다

천장을 보며 정신 차리고 생각하니
먹고 살기 위해 바쁘게 뛰어다니다
지쳐 돌아와 씻는 것도 잊어버리고
혼자라는 게 싫어 쿠션을 끌어안고
텔레비전 보다 잠이 들었던 것이다
그대가 하늘나라에 간 것도 모르고
그대가 옆에서 말하는 줄로 착각해
일기예보 전하는 예쁜 아가씨 말에
몇 번째 잠결에 대꾸하였던 것이다

# 자장가

그대가 나를 울려놓고 하늘나라로 떠난 뒤
잠자리에 들 때마다 버릇이 하나 생겼어요
노을이 지고 어스름이 내려 밤이 깊어가면
고요한 노래를 홀로 감상하다 잠이 들어요
잠자리에 혼자라는 게 싫어 노래를 들으면
내 걱정에 하늘에서 그대 천사처럼 날아와
종일 일에 지친 몸뚱이 가만가만 토닥이며
잠이 들 때까지 불러주는 자장가 같거든요

# 눈물바다

사람들 앞에선 아무런 내색 없이 너를 하늘나라 보내고
각자 무겁게 흩어져 홀로 집에 비틀거리며 돌아오는 길
그동안 서글퍼 마음에 소리 없이 시커멓게 쌓인 먹구름
갑자기 천둥에 번갯불 치며 가슴에 장대처럼 비 쏟는다
높은 하늘에 구름도 없이 따스한 햇볕이 내리는 가을날
폭우로 가슴에 한없이 내리는 비는 금세 가슴을 채우고
눈에 넘쳐 얼굴은 물고기도 살지 않는 눈물바다 되었다

# 말

같이 있을 땐 어색하여서 하지도 못하였던 말
언제나 가슴 속에 두고 세월로 숙성시켰던 말
그대 영영 돌아오지 못할 하늘나라로 보낸 뒤
두 줄기 눈물에 얼굴을 적시며 중얼거려 본다
늦가을에 아무도 없는 오솔길 찬 바람 맞으며
내 몸보다 더 그대 사랑하며 이제껏 살았다고
들어줄 사람 없는 이제야 혼자 중얼거려 본다

# 인생길

긴 머리카락 희끗희끗한 중년 여자와 손잡은 남자가
가족이란 이름 가슴에 깊이 새기고 웃으며 걸어간다
나도 얼마 전까지는 저렇게 웃으며 인생길 걸었는데
홀로 가려니 서로 밀어주고 끌어주는 사람이 없기에
이제는 아주 지쳐버렸는지 그 많던 웃음마저 잃었다

# 눈보라 친다

끝없이 펼쳐진 세상에 홀로 살아가는 것 같아
그 무엇으로도 위로를 받을 수 없는 가슴으로
추수가 끝나 허수아비만 남아 있는 들을 지나
나무들 물든 잎새 다 떨구고 음산한 기운으로
겨울의 기운에 맞서서 서 있는 산길을 걷는데
갑자기 찬 바람이 불더니 하얀 눈발이 날린다
늦가을에 하늘나라 간 집사람이 내 모습 보고
아주 깊은 한숨에 한없이 눈물 떨구고 있는지

낙엽처럼 움츠리고 정처 없이 걷는 모습 보고
집사람의 깊고 긴 한숨은 찬 바람이 되었는지
떨군 눈물은 떨어지다 부서져 흰 눈 되었는지
눈보라 몰아치는 세상에 나는 하얀 점이 된다

# 고독

깊은 밤 홀로 보내려니 고독이란 거미줄에 걸려 몸 뒤척인다
모든 사람 잠든 시간이라 어디에도 전화 걸지 않고 견디려니
짝을 이뤄 이불속에 잠자는 사람이 부럽고 그 시절이 그립다
날이 밝아 거울에 서니 병자처럼 얼굴이 찌든 사내가 보인다

 가슴은 보낼 수 없네

# 계절은 내 가슴처럼 겨울이다

계절은 가을 지나 겨울 중간쯤 걸어가고 있는지
며칠째 내린 눈 보이는 곳마다 하얗게 물들였다
그대 하늘나라 가고 멍하니 앉아 떨군 눈물방울
가슴에 가득히 쌓여 빙산 안고 살아가는 나처럼
계절은 가을 지나 겨울 중간쯤 걸어가고 있는지
사람 떠도는 길마다 바람이 무서워 꽁꽁 얼었다

# 크리스마스

나이가 들어 머리에 희끗희끗한 서리가 내리고
이마에는 주름이 깊은 골짜기를 만들고 있는데
이번 크리스마스는 기쁜 일 있을까 기다려진다
남들 알면 여기저기서 미쳤다고 수군거릴 텐데
올가을에 홀로 남겨두고 하늘나라에 간 그대가
마음으로 정성껏 포장한 선물이라도 있을까 봐
그렇지 않으면 눈물로 얼룩진 편지라도 있을까

아이처럼 밤마다 이불 속에서 손가락 구겨가며
설레는 가슴에 잠도 들지 못하고 산타할아버지
이번엔 왠지 내게도 오실까 은근히 기다려진다

# 그곳도 만만치 않은가 보오

그대 하늘나라 보내고 살려니 세상 팍팍하여 한숨만 나오
그런데 그곳도 살아간다는 게 그렇게 만만치 않은가 보오
하늘나라는 아프지도 않고 근심도 없이 사는 줄 알았는데
몇 달이나 지나갔어도 찾아온다는 소식조차 없는 걸 보니

# 그 시절

그 시절 그대 참 아름다웠지요 몸매는 하늘거리는 코스모스 같았고요

가슴에 열정은 얼마나 뜨거웠던지 늘 내가 감당하기 무척 힘들었지요

사랑을 하면 마치 한바탕 소나기가 지나간 것처럼 이불도 축축했지요

머리가 희끗희끗한 지금도 그 시절 떠오르면 몸에서 뭔가 꿈틀대지요

그럴 때마다 가슴은 느끼지요 꿈에서나 이루어질 수 있는 사랑이라고

그런 시절은 현실에 나타나지도 않을 것이고 미래에도 그럴 것이라고

# 겨울밤

겨울밤이라 그런지 홀로 보내려니 길어도 너무 길구나
까마득한 시절 추억까지 끌어와 아무리 이불 뒤척여도
겨울밤은 게으름 피우는 어둠 서둘러 데려가지 않구나
그대와 보낼 때는 발바닥이 보이지 않도록 사라지더니

# 추억의 탑

깊어가는 밤 잠이 오지를 않아 연거푸 몸뚱아리 뒤척이며
그대와 만든 추억 하나씩 떠올리며 탑을 쌓기 시작하는데
겨울밤이라 너무 길어 어둠의 끝을 찾아도 보이지 않으니
아무리 탑을 게으르게 쌓아도 하늘에 닿아야 날이 새겠다

# 그리움

힘껏 밀어내고 밀어내도 잠시도 쉬지 않고 몰려오는 그리움
너는 떠나려면 아무것도 남겨두지 말고 미련 없이 떠나가지
어이해 뒤척여도 감당하지 못할 그리움 가득 남기고 갔느냐
깊어가는 밤 그리움에 시달리다 하얗게 날을 새면 어쩌라고
이렇게까지 그리움만 남기고 떠날 거면 아예 떠나지나 말지
그랬더라면 밤마다 피곤이 풀리도록 곤하게 잠이나 잘 텐데

제 2 부
그 날 이 오 면

# 부부

한 해를 살아냈더니 수고했다고 새로운 해를 선물 받은 이른 아침
집마다 남편과 부인은 새로운 한 해를 어떻게 살까 계획을 세운다
머리 맞대고 들뜬 기분에 활짝 웃는 얼굴로 가정의 행복을 위하여
꿈 키우느라 전혀 현실을 모르고 사는 자식의 미래와 건강을 위해
이렇게 둘이서 해야 할 일을 올해부터는 홀로 하며 살아가야 한다
몸 아프니 이젠 이 세상이 싫다고 하늘나라로 떠난 그대 생각하며
새로운 계획을 짜는데 펜은 하얀 종이가 까맣게 그대 이름을 쓴다

# 얼굴이 젖는다

낙엽처럼 홀로 걷다가 멍하니 하늘 바라보니 얼굴이 젖는다
혹시나 갑자기 하늘나라로 떠난 너의 그림자라도 보일까 봐
목을 길게 내밀고 이리저리 아무리 파란 하늘을 바라보아도
보고 싶은 너는 어떻게 살아가는지 궁금하게도 보이지 않고
저절로 느끼는 인간의 한계에 부딪혀 한참을 멍하니 있는데
쉬지도 않고 가슴에 몰려드는 그리움 앞다투어 눈을 넘으니
멀쩡했던 얼굴이 촉촉이 젖고 그리움 한없이 뚝뚝 떨어진다

# 밤

그대 하늘나라에 가니 어쩔 수 없이 긴 겨울밤
새우가 되어 허리 구겨 자려는데 그대 없는 방
마치 큰 들판처럼 느껴져 긴 한숨 절로 쉬는데
덜컹거리는 문에 깜짝 놀라 두 눈을 크게 뜨고
혹시 하늘나라 가다 보고 싶어 다시 왔나 하여
얼른 문을 활짝 여니 그리운 그대 보이지 않고
웬 찬 바람이 힘껏 뺨을 정신없이 때리고 간다

# 그대 하늘나라 보내고

영원토록 함께 살아갈 줄 알았던 그대를 하늘나라에 보내고
저절로 솟구친 눈물 아무도 모르게 꾸역꾸역 속으로 삼키니
서러웠던 눈물은 급속으로 눈이 되어 가슴에 하얗게 내린다
지금 세상은 가을이라 사람들은 배낭을 메고 어울려 다니며
아름답게 물든 단풍에 감탄하느라 입을 쩍쩍 벌리고 있는데
서러움이 가득한 내 가슴은 겨울이라 하얗게 눈발이 날린다

# 사과도 익어가는 오후

따스한 햇볕에 사과도 더 빨갛게 익어가는 오후
너를 잃어버리고 남은 세월 살아갈 생각을 하니
휴지처럼 잔뜩 구겨진 얼굴로 연거푸 한숨 쉬며
낙엽 하나 바람에 사라져가는 모습 멍하니 본다

# 착각

내가 있기에 그대가 행복하게 세월 보내는 줄 알았는데
그건 나만의 착각인 것을 이제야 바보같이 알게 되었네
그대 갑작스럽게 다시는 돌아올 수 없이 영원히 보내고
홀로 살아가려니 캄캄한 앞날에 웃음마저 잃은 걸 보니

# 보내고 나니

어떻게든지 보내지 않으려고 없는 돈 써가며 병원에 약국 바쁘게 쫓아다녔는데
인간이란 힘으로는 어쩔 수 없었는지 기가 막히고 허무하게 하늘나라에 보내고
불어오는 바람도 없이 고요하게 소복소복 눈이 쌓여가는 겨울밤 홀로 보내려니
그동안 살아가면서 즐거웠던 시절도 있을 텐데 웬일인지 하나도 떠오르지 않고
내가 잘못하여서 아름다운 마음을 눈물로 얼룩지게 하였던 일만 연거푸 떠올라
소리 없이 눈이 쌓여가는 겨울밤 후회스러워 한숨만 내쉬며 몸뚱이 뒤척이는데
창밖이 밝다 아무것도 보이지 않게 몰려왔었던 어둠이 그사이 멀리 물러갔는지

# 일

할 일은 산처럼 쌓여가는데 손에 잡히지 않는다
곳곳에 보고 싶은 그대 떠올라 눈에 어른거린다
이 세상에서 저세상으로 갑자기 홀로 떠난 그대
잘 도착하여 외롭지 않게 터를 잡고 살아가는지
걱정으로 세월 보내다 보니 일이 산처럼 쌓인다
삶이 여유롭지 않아 먹고 살려면 일해야 하는데
전혀 믿어지지 않는 현실에 일이 잡히지 않는다

# 어쩌면 좋을까요

찬 바람에 움츠린 낙엽 아픈지 바스락거리며 오솔길 뒹구는 오후
어쩌면 좋을까요 사랑스러운 그 사람이 날 두고 하늘나라 갔어요
진지한 상의도 없이 아무런 낌새도 없이 갑자기 하늘나라 갔어요
그동안 믿고 살았는데 아무리 생각해도 현실이 전혀 믿기지 않아
잔뜩 성난 마음에 가서 눈물이 나오게 호통치고 데려오려고 해요
난 여행을 좋아하지 않아 여태 하늘나라까지 여행한 적이 없기에
얼마 되지 않지만 전 재산을 걸고 백방으로 가이드를 찾아봤어요
신문 텔레비전에 광고를 내도 아무 소식 없으니 어쩌면 좋을까요

하늘까지 가이드 해주는 사람이 없으면 남은 세월 어떻게 살까요

홀로 살아간다는 건 생각해본 적이 없는데 이제 어쩌면 좋을까요

# 내 편인 사람

가는 세월 보내며 함께 추억을 만들던 사람이 하늘나라 갔다
이 세상 살아가는데 유일하게 내 편이던 사람이 갑자기 갔다
이제 험한 세상 살아가다 어려운 일 당하면 누구를 찾아갈까
도움을 청하면 내 편이었던 사람처럼 몸 돌보지 않고 해줄까
유일하게 내 편이었던 사람을 잃고 세상 헤쳐나갈 생각 하니
앞이 캄캄하여 솟구치는 눈물 남들 몰래 속으로 삼키다 보니
떨어진 눈물 가슴을 흥건하게 적셔 짜내도 아무 소용이 없다
언제나 눈물이 다 말라 속으로 삼키지 않고 웃으며 살아갈까
언제나 햇볕과 바람에 잘 말린 빨래처럼 가슴도 가볍게 살까

# 함박눈 내리는 날

함박눈 펑펑 내리는 날 이 세상도 하얗게 물들어가는 날
저 멀리 희미하게 보이는 점 두 개가 느릿느릿 걸어간다
내 뒤에 저 멀리 떨어져 따라오는 사람들 날 바라본다면
이런 날 점 하나가 짝도 없이 걸어가는 모습에 짠하겠지

# 눈물

따스한 햇볕에 나뭇잎 붉게 물드는 가을날 오후
나을 거라 믿었던 너 하늘나라에 영원히 보내고
얼마 되지 않아 뚱뚱한 몸뚱이 몰라보게 말랐다
밤이나 낮이나 쉬지 않고 얼마나 눈물 짜냈는지

# 목숨 하나

목숨 하나 이 세상에 붙이고 살아간다는 것이
결코 만만한 일이 아니라는 걸 가슴이 알았다
세상이 싫어 모든 것을 두고 떠나려고 하여도
숨 쉬는 날까지는 세상에 견디어야 하는 것을
갑자기 너를 다시 돌아올 수 없는 하늘나라에
두 줄기 눈물로 영원히 보내고 나서야 알았다

# 너

오직 나 하나를 위하여 살아온 너를 하늘나라에 보내고
홀로 살려니 세월의 바람에 이렇게 비틀거릴 줄 몰랐다
이제야 너의 소중함 알고 깊이 뉘우쳤으니 어쩌면 좋냐
이제부터 너에 잘하려 해도 너는 세상 어디에도 없으니

# 눈물

가지 말라고 제발 홀로 두고 떠나지 말라고 가슴에 품고 애원하여도
그대 떨군 고개 버티기 힘들었는지 가쁜 숨 내쉬다 하늘나라 갔지요
그날부터 밤이나 낮이나 두 눈에 눈물을 퍼내며 세월을 보내다 보니
맹꽁이처럼 불룩 나온 배가 나도 모르게 허리 닿도록 삐쩍 말랐지요
만나는 사람 모두 깜짝 놀라며 말하지요 요새 어떤 다이어트 하냐고
꼭 한 마리 돼지처럼 보였는데 아주 멋지고 날씬한 몸매가 되었다고
그럴 때마다 입술은 행복하게 웃지만 가슴은 고통을 견딜 수 없지요

# 무덤

잊으려고 할수록 그리움 몰려와 견디지 못하고 산에 오른다
너와 등산할 때처럼 땀방울 닦아가며 꼬불꼬불 산에 오른다
가쁜 숨으로 무덤에 도착하여 그냥 그리워서 왔다고 하여도
홀로 살아가려니 빈자리가 너무나 커서 못 살겠다고 하여도
너는 자느라고 듣지 못하는지 정말로 듣지를 못해 그러는지
새가 놀라고 산토끼가 놀라게 외치며 흐느껴도 대답이 없다
이렇게 한참을 외쳐도 아무 대답은 없었지만 속이 후련해져
편안하게 잘 있으라고 다음에 오겠다고 마지막 인사를 하고
너와 등산할 때처럼 꼬불꼬불한 산길을 내려오다 뒤를 보니

너 해바라기처럼 웃으며 손 흔들기에 멍하니 한참 바라보다

흐르는 눈물로 얼룩져가는 너의 모습에 나도 환하게 웃는다

이러기를 수없이 하다 보니 땀방울로 힘들게 오르던 때보다

쉽게 내려가야 할 산길이 너무 고통스럽고 멀게만 느껴진다

# 별

어스름 내려와 이 세상을 까맣게 물들여가는 밤
마당을 서성거리는 외로운 늑대 한 마리가 되어
사람들 깰까 봐 속으로 울부짖으며 별들을 본다
통증에 아파하는 널 갑작스럽게 하늘에 보낸 뒤
밤마다 일에 지친 피곤한 몸뚱이 잠들지 못하고
어느 별이 너인지를 몰라 별들이 사라질 때까지
마당을 서성거리는 외로운 늑대 되어 별을 본다

# 오지 않는 그대

차가운 바람에 놀라 앙상한 나뭇가지 바르르 떨던 날
잔뜩 움츠리었던 낙엽이 차가운 바람 따라 뒹굴던 날
나를 두고 하늘나라 가더니 기다려도 그대 오지 않네
그곳 사람들 더 즐겁게 보내다 가라고 그대 잡아선지
아니면 너무 흥에 취해 지내다 보니 여권을 잃어선지
가을에 떠난 그대 겨울이 가고 봄인데도 오지를 않네

# 봄이라고

봄이라고 깊은 산 계곡엔 얼었던 얼음이 녹는지 아주 작은 물줄기 졸졸거린다

봄이라고 겨우내 잔뜩 움츠려 사랑했던 연인들 활짝 핀 얼굴로 공원을 걷는다

봄이라고 긴 동면에 들었던 생명 여기저기 깨는지 들판도 푸르게 물들어 간다

봄이라고 모든 생명은 생동감 있게 따스한 햇볕에 어깨를 쭉 펴고 살아가지만

그대를 잃어버린 내 가슴에는 아직도 봄이 오지 않았는지 차가운 바람이 분다

# 아직도

잠에서 깨어 부스스 눈을 뜨니 아직도 밤이었는지 어둡다
늘 하던 습관대로 손을 더듬는데 아무것도 잡히지 않는다
자다가 깨어나면 그대 손을 잡고 나머지 잠에 빠져드는데
아무리 더듬어봐도 그대의 손은 잡히지 않아 전등을 켰다
그대의 자리는 덩그러니 비었고 나 홀로 잠들었던 것이다
그대 하늘나라로 떠나고 아주 많은 날이 바람처럼 갔지만
아직도 그리워서 잊지를 못하고 습관대로 사는 내가 밉다

# 생각했다

그대 부르는 소리에 잠에서 벌떡 일어나 시계를 보니
중요한 일로 지인 만나기로 했는데 한 시간 전이었다
늦지 않게 집에서 나와 급히 달리는 차에서 생각했다
그대는 함께 살아갈 때도 나밖에 모르고 평생 살더니
하늘나라 가서도 오직 나 하나 위하여 살아간다는 걸

# 믿어지지 않는다

커다란 방 홀로 누워 아무리 생각하여도 믿어지지 않는다
두 눈 연거푸 지그시 감았다가 떠보아도 믿어지지 않는다
어떻게 나만 남겨두고 돌아올 수 없는 하늘나라에 갔는지
홀로 살아가다 외로워질 때 보고 싶고 그리우면 어쩌라고
너 없는 세상 살아가려면 하루하루 갈대처럼 흔들릴 텐데
너 또한 낯선 하늘나라에 적응하려면 만만하지 않을 텐데
어떻게 너와 내가 떨어져 살아야 하는지 믿어지지 않는다

# 짝

철이 들어가면서 혼자라는 게 외로워 수많은 밤을 하얗게 새웠다
맛있는 음식을 먹어도 친한 친구와 어울려 보내도 즐겁지 않았다
지루하여도 가는 세월 보내며 어쩔 수 없이 하루하루 살아가는데
짚신도 짝이 있듯이 내게도 짝이 있었는지 가정을 꾸리게 되었다
짝과 살아가면서 사랑도 하고 싸움도 하고 고생도 시키며 사는데
운명의 신이 가만히 지켜보려니 심술이 났는지 짝을 빼앗아 갔다
어느새 머리는 커서 하얗게 쉬어가는데 이제 무얼 의지해 살라고
운명의 신은 가슴을 찢어놓고 눈물로 얼굴 적셔놓고 빼앗아 갔다

# 비가 내린다

사는 게 여유롭지 않아도 벚꽃 필 때마다 그대와 찾던 우이천
올해도 벚꽃 활짝 피어 구경하기 좋은 날 빗방울에 꽃잎 진다
그대 가는 하늘길 막고 힘껏 버티어도 운명의 신에 힘이 달려
제대로 힘 한 번 써보지도 못하고 허망하게 하늘나라 보낸 뒤
밤이나 낮이나 잠시도 쉬지 않고 가슴 치며 한없이 흘린 눈물
강 따라 먼 길 가더니 넓은 바다에 모여 수증기로 승천했는지
벚꽃 피어 구경하기 좋은 날 우수수 꽃잎 떨구는 비가 내린다

# 그날이 오면

산마다 울긋불긋 물들어 가는 가을날 사람들 어울려 고운 단풍 구경하느라 바쁜 날
미친 듯이 흐르는 눈물로 그대를 잡고 매달리며 먼저 하늘나라로 떠나면 안 된다고
아무리 달래며 애원하여도 아무 소용 없는지 그대는 차가운 몸으로 날 두고 떠났지
이 세상에서 제일 소중한 것을 잃어버려 산다는 것이 괴로워도 사람들 눈치챌까 봐
만나는 사람마다 밝은 얼굴로 대한 때마다 솟구치는 눈물 삼키며 세월 보내다 보면
가슴에 눈물 수위가 올라가 언젠가는 가슴에 사는 장기가 호흡을 못 해 익사하겠지
그날이 오면 겉으로는 아무렇지 않아도 속에 있는 모든 것을 잃고 껍데기로 살겠지

제 3 부

그대 보고 싶어

# 난 어쩌라고 그대는 그렇게 갔나요

갑자기 아무런 예고도 없이 다시는 돌아올 수 없는 길로
무작정 내 곁을 떠나 꼭 하늘나라로 영원히 가야 했나요
그동안 내가 잘나 날마다 즐겁게 웃고 사는 줄 알았는데
그대 있어야 할 자리에 그림자마저 떠나 횅한 자리 보니
그리워도 다시는 볼 수 없는 곳으로 그대 영원히 보내고
홀로 있는 내 모습이 거센 모래바람 부는 황량한 사막에
한 그루 나무가 매서운 세월에 버티려 비틀대는 것 같소

# 버릇

어쩔 수 없이 너 하늘나라 보내고 버릇이 하나 생겼다
홀로 산다는 게 힘들 때 나도 모르게 하늘을 바라본다
모처럼 쉬는 날 방에 뒹굴어도 답답해 공원을 걸을 때
젊은 여자 남자 활짝 웃는 모습에 부러워 하늘을 본다
찬 바람 부는 날에 비마저 쉬지 않고 추적추적 내리면
너 슬픈 일을 당하여 눈물을 떨구고 있나 걱정이 되어
우산도 없이 생쥐처럼 젖은 몸 떨며 멍하니 하늘 본다

# 파리

붉게 물들어가는 단풍 바람에 견디지 못하고 하나둘 지는 지난 가을날
꿈에도 전혀 생각하지 못했는데 그대 황망하게 다시는 돌아올 수 없는
먼 하늘에 보내고 몸도 마음도 낙담하여 아무런 재미도 없이 보내다가
따스한 봄날 구름처럼 핀 벚꽃에 그대와 벚꽃 놀이하던 추억이 떠올라
무작정 배낭 메고 끝없이 이어진 벚꽃길 잠시 쉬지도 않고 걸어가는데
어느새 시간이 많이 흘러 서산에 해가 걸리고 주변에 어스름 내리는지
인산을 이루어 벚꽃을 구경하던 사람들 어느 곳에도 하나 보이지 않고

태평하게도 홀로 남아 정처 없이 걷기에 더 어두워지기 전에 비틀비틀
집에 돌아와 힘이 바닥났는지 축 처진 몸 철퍼덕 방바닥에 쓰러지는데
어디선가 윙윙 소리가 어지럽게 왔다 갔다 하길래 왜 그러는가 봤더니
여름날도 아닌 봄날에 웬 파리 한 마리가 방안으로 어떻게 들어왔는지
마치 하늘 나는 비행기처럼 윙윙거리며 이리 앉았다 저리 앉았다 한다
하도 그 소리가 듣기 싫어 수건으로 잡으려고 때려도 허탕으로 끝난다
지난 여름날 같았으면 어림없을 텐데 이렇게까지 피하여 가는 걸 보니

분명 그대가 파리로 환생하여 잠시리도 함께 지내고 싶어 왔는가 하여

잡길 포기하고 파리 한 마리 귀찮게 날아도 그대라 생각하며 지냈는데

며칠 주변을 어지럽게 날던 파리 어디로 갔는지 찾아도 보이지 않는다

그대 파리로 환생하여 잠시 나와 살다 갔는지는 나 정확하게 모르지만

그 파리가 사라져 보이지 않으니 방안에 혼자라는 생각이 또다시 든다

　　가슴은 보낼 수 없네

# 구름에 부탁 하나 해야겠다

허공에 솜털처럼 떠가는 하얀 구름 바람 타고 하늘나라 가는 걸까
만약 그게 확실하면 염치 불고하고 구름에 부탁 하나 꼭 해야겠다
몸뚱인 너무 무거워 힘드니 가벼운 마음에 자리 하나 내어 달라고
하늘나라로 떠난 임이 아직도 오지 않아 그러니 부탁 들어 달라고
자꾸 보고 싶어 죽을 것 같으니 부탁 하나만 들어달라고 해야겠다
서로 말이 통하지 않으면 몸짓과 표정으로 부탁 하나 꼭 해야겠다
그래서 마음이라도 하늘나라에 들어가 오지 않는 임 꼭 보고 싶다

# 마음 주머니

단지 그대라는 사람 하나 이 세상 어디에도 없을 뿐인데
아주 멀고 먼 하늘로 떠나 다시는 돌아오지 않을 뿐인데
거칠고 험난한 세상 홀로 헤쳐 가며 살려니 너무 빡빡해
악물고 버티다 어깨 축 늘어질 때마다 길게도 내쉰 한숨
허공 멀리 힘껏 버리지 못하고 남들 몰래 마음 주머니에
하나둘 모으다 보니 배가 고픈지 딱 붙었던 마음 주머니
어느새 부풀 대로 부풀어 누가 가시 같은 말을 한다거나
그대 없이 처량히 산다고 우습게 보는 사람 있기나 하면
저절로 쉬어지는 긴 한숨에 마음 주머니가 터질 것 같다

만약 몸속에 부풀 대로 부픈 마음 주머니가 참 요란하게
펑 소리 내며 터지는 날엔 아무것도 모르고 조용히 살던
모든 장기가 어쩔 수 없이 찢어진 마음 주머니의 파편에
그 자리에 죽거나 피 흘리며 시름시름 앓다 죽을 것이다
그러한 날이 온다면은 나도 이 세상 사람이 아닐 것이다

# 추억

전혀 생각하지도 않았는데 그대 이렇게 빨리 하늘나라 갈 줄 알았다면
새벽부터 늦은 밤까지 먹고 살기 위하여 돈에 매달리지도 않았을 텐데
짬을 내서라도 여행을 떠나 아름다운 추억이라도 많이 만들 걸 그랬어
굽이굽이 흘러가는 세월을 보낼 때 외롭지 않게 가슴에서 꺼내어 보게
그대 여행을 좋아하는 줄 알면서 바쁘니 일해야 한다고 핑계만 댔는데
앞으로 돈을 쌓아놓은들 뭐 하겠는가 알콩달콩 여행 갈 사람이 없는데
마음씨 착한 그대는 이 세상에서 복이 없기도 어지간히 없었는가 보오
주변에 듬직한 사내도 많은 줄 알았는데 왜 하필이면 못난이를 구했소

# 몰랐다

벼랑 같은 세상 홀로 살아갈 땐 삶이라는 게 다 그러는 줄 알았다
텅 빈 가슴 어쩌다 사랑에 푹 빠져 그대와 늘 행복한 세월 보내다
생각하지 않은 큰 병에 어쩔 수 없이 그대 저 하늘에 급히 보내고
긴 세월 홀로 살려니 어떤 일을 해도 늘 곁에 말없이 힘이 돼주던
그대 모습 두 눈에 아련히 떠올라 어쩔 수 없이 잡았던 일을 놓고
멍하니 서 하늘을 볼 때마다 이럴 줄 알았다면 끝까지 홀로 살 걸
둘이 살다 그대 보내고 홀로 살려니 잠시 쉬지 않고 가는 긴 세월
아무 의미도 없이 모든 것을 홀로 느끼고 어쩔 수 없이 산다는 게
쉴 새도 없이 덩치 큰 고독에 맞고 날마다 눈물로 살 줄은 몰랐다

# 그대 보고 싶어

깊어가는 밤 그대 보고 싶어 몸뚱이 뒤척이며 잠 설친다
이른 아침 전철을 타고 버스를 타고 가파른 산길을 올라
그대 쉬고 있는 무덤이 보이기에 고개 들어 하늘을 보니
그대 천사 되어 나비처럼 이리저리 날며 어서 오라 한다
걱정 하나 없는 얼굴로 환하게 웃으며 기쁘게 맞아 준다
그런 그대를 보는 순간 얼굴을 적시던 눈물이 뚝뚝 진다
사는 동안 그대는 나만을 위해 살았기 때문에 후회 없고
사는 동안 나는 그대 삶은 모른 채 고생시켰기 때문인지
그대 보는 동안 저절로 나오는 긴 한숨에 가슴이 아리다

함께 살 때 말이라도 따뜻하게 받아주지 못한 게 아쉬워

이제 하고 싶어도 세월은 그 옛날로 돌아가 주지 않으니

어쩔 수 없이 남은 세월 살아가다 아련히 떠오를 때마다

그때 잘할 걸 그때 잘할 걸 혼잣말로 중얼거리며 살겠다

# 사랑나무

젊음을 무기로 삼고 살아갈 때 우리는 콩깍지가 씌어
누가 수군거리든 말든 가슴 미치게 사랑의 불 피웠지
계절 자주 변해도 사랑나무 늘 변함없이 아끼지 않고
우리 가슴 날마다 펄펄 끓어오르게 사랑의 불 피웠지
그렇게 사랑의 불 피우다 보니 가정도 꾸리게 되었지
중년이 되어도 가슴 식는 줄 모르고 알콩달콩 사는데
갑자기 그대 아무런 예고 없이 영원히 하늘나라 갔지
황망히 그대 잃고 나도 참 미련한 놈이라고 생각했지

우리 나이대 부부들 손주 재롱에 살아가는 것을 보고
우리도 저 부부들처럼 가슴에 사랑의 불 꺼지지 않게
사랑나무 아주 조금씩 넣고 사랑의 불 잘 유지했으면
한참 즐겁게 살아갈 중년에 홀아비 되진 않았을 텐데
사랑나무 귀한 줄 모르고 종일 가슴 달궈지게 땠으니
결국 사랑나무 다 떨어져 그대 하늘에 보내게 됐으니
현명한 사랑 남들처럼 할 줄 모르는 미련한 놈이라고
그대 두 눈가에 피어오를 때마다 긴 한숨에 탄식하지

# 빈자리

영영 돌아올 수 없는 하늘나리로 그대 날 올리고 떠나니
허전한 빈자리에 언제 왔는지 내 허락 없이 고독이 산다
활짝 핀 벚꽃 따라 걷는데 고독이 그대처럼 발맞춰 걷고
친구가 기쁜 일이 생겨 맛있는 것 사준다고 해서 가는데
그대처럼 사람이 많은 곳에선 날 놓칠까 봐 팔짱을 낀다
그대 비운 자리에 고독이 사는 게 싫어 가라고 소리치고
아무리 눈칫밥을 줘도 순간만 지나가면 아무 일 없는 듯
이제 나도 지쳤는지 뻔뻔하게 사는 고독에 두 손 들었다

# 어쩌자고

그대는 어쩌자고 하늘나라로 떠나 아직도 돌아오지 않소
살얼음판 같은 세상살이 어떻게 홀로 견디며 살아가라고
여기저기 아름다운 추억들 가슴이 찢어지도록 남겨 놓고
세월에 갈대처럼 비틀거리며 얼마나 눈물 흘리라고 갔소

# 섬

살다 기쁜 일이 생기면 그대가 있으니 두 배로 부풀었고
살다 슬픈 일이 생기면 그대와 나누니 반이 되어 좋았다
세상이 아무리 날 괴롭혀도 그대가 있어 견딜 수 있었다
그렇게 믿고 사는데 날 홀로 두고 그대는 하늘나라 갔다
이런 일이 벌어진다는 건 꿈에도 생각한 적 없는데 갔다
이젠 그대 세상에 없으니 세월 따라 떠도는 섬이 되었다
곳곳에 잘 아는 사람 많아도 가슴을 보여줄 사람이 없어
세월의 바람 부는 대로 그대 그리워 떠도는 섬이 되었다

# 봄비

서서히 차갑게 식어가는 몸으로 하늘나라 향하여 떠나는 널 끌어안고

미친 사람처럼 허공이 찢어지게 나만을 덩그러니 두고 떠나지 말라고

목이 터져라 소리치며 한없이 솟구치는 눈물 속으로 꾸역꾸역 삼키니

가슴에 예쁘게 피었던 추억이 눈물에 버티지 못하고 우수수 떨어지듯

따스한 햇볕에 벚꽃 뭉게뭉게 피어 산이나 들이나 꽃잔치 벌어졌는데

하늘에 무슨 일이 생겼는지 어저께까지만 하여도 해맑게 웃던 얼굴이

근심을 이겨내지 못하고 어두운 표정으로 변하여 서럽게 눈물 쏟으니

세상 아름답게 수놓았던 벚꽃이 하염없는 눈물에 우수수 꽃비로 진다

# 슬픔

그대 하늘나라에 보내고 한숨과 눈물로 몇 달을 지냈는데도
슬픔이 아직도 가슴 깊이 머물러 있는지 괜히 외로워지기에
잠시나마 그대 잊어보려고 태양을 등에 짊어지고 가파른 산
땀방울 닦아가며 두 무릎이 욱신거리게 오르다 집에 돌아와
깊어가는 밤 피곤을 풀려고 잠을 재촉하는데도 오지를 않아
이불을 뒤척이다 슬픈 가슴을 달래려고 슬픈 노래를 들어도
가슴에 사는 슬픔은 조금도 흔들리지도 않고 자리를 지킨다
슬픈 노래에 어둠 하얗게 물들 때까지 이리저리 위로하여도
가슴에 사는 슬픔은 바위처럼 커서 그런지 움직이지 않는다

# 그대 생각

추적추적 내리는 비에 따라 울던 꽃잎은 지쳤는지 진다
며칠째 내리는 비는 꼬불꼬불 길을 내더니 뱀처럼 간다
험난한 세상에 홀로 남겨두고 저세상에 간 그대 생각에
솟구친 눈물 속으로 꾸역꾸역 삼켜 가슴에 뚝뚝 지는데

# 근심

가지 말라고 나를 떠나지 말라고 두 줄기 눈물로 잡아도
괴로운 통증에 어쩔 수 없었는지 다시는 돌아올 수 없는
하늘나라로 나 없어도 잘 살라는 말도 없이 그대 떠나니
황망하여 긴 한숨과 두 줄기 눈물로 추억 찾아 떠돌다가
남은 세월 먹고 살아야 하기에 몰려든 슬픔 가슴에 묻고
무슨 일이든 가리지 않고 닥치는 대로 종일 땀 흘리다가
어스름 내려 집에 돌아와 지친 몸뚱이 깊은 잠 자려는데
머릿속에서 근심이 수도 셀 수 없이 슬금슬금 기어 나와
까만 어둠을 잡고 싸각싸각 먹는데 그 소리 어찌나 큰지

     가슴은 보낼 수 없네

아무리 자려고 뒤척여도 짜증만 날 뿐 잠은 오지 않는다
어쩔 수 없이 한참 이불과 씨름하다 보니 방안이 조용해
쉬지 않고 잠을 불러오느라 감았던 두 눈을 살며시 뜨니
방안에 몰려든 까만 어둠 근심이 조각 하나 남기지 않고
어찌나 잘 씹어 먹었던지 어둠 어디에도 찾아볼 수 없고
그 대신 근심이 어둠을 먹고 난 자리에 하얀 흔적뿐이다

# 인생길

그대와 걸어온 인생길 어쩔 수 없이 홀로 가려니 막연히네
그대와 걸을 땐 슬픈 일이 연거푸 때려도 거뜬히 견뎠는데
홀로 인생길 가려니 조금만 걸어도 피곤해 어깨 축 처지네
남은 인생길 까마득히 먼데 어떻게 세월 보낼 줄 모르겠네
오늘도 어서 하늘나라 가서 그대 뵙기를 간절하게 바랄 뿐

# 마음은

처량한 살림에 오늘도 먹고 살기 위하여 아침부터 일은 하지만
마음은 정처 없는 구름처럼 이 세상 떠돌아다니며 너를 찾는다
너 아무리 아파도 그렇지 어떻게 나를 떠나서 하늘나라 갔는지
너 하나 믿고 이제까지 살아온 나는 어떻게 살아가라고 갔는지
어쩔 수 없는 현실에 땀으로 어두워지는 저녁까지 일은 하지만
마음은 믿어지지 않아 너 하나 찾으려 구름처럼 세상을 떠돈다

# 사과

두 눈이 깜짝 놀라게 세상에서 제일 아름다운 한 송이 꽃이었습니다
그런 그대를 사랑하고 나서 가정 하나를 꾸미고 함께 살아가는 동안
세상에 어설픈 난 그대에게 웃음보다는 긴 한숨에 눈물을 쏟게 하고
돌아올 수 없는 하늘나라에 그대 가는 걸 바라보며 가슴을 찢었지요
그대를 황망히 보내고 거친 세상 살아가려니 막연할 때 참 많았지요
때로는 그대 보고 싶어 허공에는 추억이 한 편의 영화처럼 스쳤지요
그럴 때마다 미안한 마음에 고개 푹 숙이고 사과를 눈물로 먹었지요
그렇게 세월 보내다 어느 날 거울을 바라보다가 눈이 깜짝 놀랐지요
중년이 되어 까칠한 얼굴이 나도 모르는 사이에 참 많이 좋아졌기에

그대 아련히 떠오를 때마다 잘못한 걸 깊이 뉘우치며 미안한 마음에
고개 숙이고 사과 먹는 모습 하늘에서 보다가 조금씩 용서해 주는지
주름 하나둘 생기던 얼굴이 젊어지고 피부 또한 참 많이 밝아졌지요
그대와 살 때 그러한 마음으로 긴 세월 보냈으면 얼마나 좋았을까요
그러면 생각날 때마다 미안한 마음에 사과를 먹을 일도 없을 텐데요
이제는 어쩔 수 없지요 아름다운 모습 눈가에 아련히 떠오를 때마다
잘못한 게 많아 사과하는 마음에 사는 날까지 사과를 먹어야 하지요
날마다 그렇게 속죄하는 맘으로 세상에 있는 사과 다 먹는다 하여도
내 마음 편하자고 먹을 뿐 그대에게 미안한 마음은 어쩌지 못하지요

# 세상살이

이 세상에는 사람이 바닷가 모래처럼 셀 수 없이 많지만
그대 하늘나라 보내고 나니 마음 붙일 곳이 하나 없구려
남은 긴 세월 모래처럼 파도치는 대로 떠돌다 가야 할지
아니면 미친 사람처럼 의미 없이 세월 보내다 가야 할지
늘 곁에 다정히 있던 그대 갑자기 하늘나라 보내고 나니
세상 사는 것이 이렇게 괴롭고 힘들 줄은 까맣게 몰랐소

# 답답하네

언제나 곁에 있어야 할 당신이 가슴 휑하게 하늘나라 가고 없으니
함께한 일을 혼자서 할 때는 시간만 가고 땀만 흘러내려 답답하네

깊어가는 밤 잠들지 못할 때 당신이 있다면 무슨 얘기라도 하면서
어둠 멀리 몰아낼 텐데 샘처럼 솟구친 말 가슴에 두려니 답답하네

# 그대 생각

그대 없는 세상 언제까지 숨을 쉬며 살아갈까
그때가지 홀로 살려면 빈 가슴 얼마나 아플까
또한 얼굴을 흠뻑 적신 눈물은 언제나 마를까
무엇을 해도 그대 모습 떠올라 주변 맴도는데

# 사람 하나

사람 하나 사랑을 하다

사람 하나 영원히 잃고

사람 하나 마냥 그리워

깊은 밤 눈물이 흐르네

# 그대 보내고 느꼈소

깊어가는 병에 더는 견디지 못하고 하늘에 가니
그대 아끼던 옷이나 귀금속 모두 쓰레기 되었소

그대 보내고 믿고 살았던 가슴마저 흉하게 찢겨
밤이나 낮이나 얼굴에 흐르는 눈물 삼키고 있소

그대 보내고 이제부터 마음 비우고 살기로 했소
언젠가는 소중하게 아끼던 것도 쓰레기 될 테니

　　　가슴은 보낼 수 없네

사람이란 존재는 한 줌의 흙으로 이루어진 건데

포장하며 살아가다 보니 나를 잃어버린 것 같소

# 꽃길

젊은 날 허전한 가슴에 그대를 사랑으로 들이고 속으로 다짐했지
사는 동안 이 몸뚱이 부서지더라도 그대는 꽃길만 걷게 하겠다고
그렇게 다짐했건만 현실은 내 뜻과는 달라 그대에 정말 미안했지
낙엽 뒹구는 가을날 축축한 얼굴로 그대 하늘에 보내고 생각했지
험난한 세상에 그대와 함께 살아가는 동안 나는 꽃길만 걸었다고
내게 제일 아름다운 꽃이니 그대와 걸어온 모든 길은 꽃길이라고
세월 보내며 그대와 함께한 길은 다 아름다운 꽃길이라 생각했지

제 4 부

잇어버린 삶

# 너 없는 세상

너 없는 세상에 어쩔 수 없이 남아서 살려니
먹기 싫은 음식을 입에 구겨 넣는 것 같구나

너 없는 세상 쉬지 않고 가는 세월 보내려니
갈 방향 잃은 삶에 그저 몸뚱이 늙고 있구나

너 없는 세상 너와 살았을 땐 전혀 몰랐는데
너 없다고 세상이 이리 텅텅 빌 줄 몰랐구나

# 비가 내린다

하늘에 슬픈 일 있는지 안색이 점점 어두워지더니
커다란 빗방울 폭포처럼 쉬지 않고 세상을 적신다
하늘에 그대 황망히 보내고 남은 인생을 생각하다
몰아친 슬픔에 쓰러져 눈물로 몸뚱이 적신 것처럼

# 하늘이 왜 우는지

멀쩡한 하늘이 왜 얼굴이 검게 변하여 울고 있는지
그 사연을 아는 사람은 세상에서 하나도 없을 거야
믿고 살아온 그대를 영원히 잃고 깊은 슬픔에 빠져
살아야 할 의미조차 잊고 바람처럼 마냥 떠도는 날
하늘이 지켜보다 더는 참지 못하고 눈물 떨구는 걸
사람들 까맣게 모르고 쉬지 않고 뚝뚝 지는 눈물에
행여 머리 젖을까 옷이 젖을까 몸뚱이 바짝 움츠려
우산으로 하늘을 가리고 바쁘게 길을 재촉해 갈 뿐

# 하늘나라

그대는 어찌하여 보고 싶어도 볼 수 없는 곳에 가셨나요
남은 세월 어쩔 수 없이 한숨과 눈물로 살라고 가셨나요
그대는 어찌하여 이 세상에 나만 남기고 먼 길 가셨나요
남몰래 만든 추억 떠오를 때 나 어떻게 살라고 가셨나요

# 시장

먹고 싶은 것이 있을 때마다 그대가 시장을 보았는데
다시는 돌아올 수 없는 하늘로 그대 황망하게 떠나니
먹고 싶은 것 있을 때마다 시장을 둘러보며 생각한다
수박이나 참외처럼 그대 살 수 있으면 얼마나 좋을까
가격이 너무 비싸 주머닛돈 가지곤 안 된다고 하여도
그리운 얼굴 잠깐이라도 볼 수 있으니 얼마나 좋을까

# 세상이 싫어진다

세월 보내며 살아가는 세상살이 점점 싫어진다
변한 것이라고는 그대가 하늘나라 간 것뿐인데
예전처럼 사람 속에 어울린다는 게 부담스럽다
가끔 인생길 잃어버려 바람처럼 떠돌기도 한다

# 잠이 오지 않는다

깊어가는 밤인데 눈을 감아도 좀처럼 잠이 오지 않는다
그대 하늘나라 보내고 어떻게든 홀로 살아갈 생각 하니
한숨에 연거푸 나오는 근심이 어둠 저 멀리 밀어내는지
잠시라도 곤하게 자야 내일 어설프게 보내지 않을 텐데

# 그대 없으니

그대 하늘에 가고 없으니
날마다 먹고 살기 위하여
홀로 땀방울 흘리고 있소
그대 하늘에 가고 없으니
깊은 밤 적적함 달래주는
고추도 아무 쓸모가 없소

# 일기예보

티브이 일기예보를 보니 가녀린 허리에 예쁘장한 아가씨 나와
솜사탕처럼 달콤한 목소리 톡톡 던진다 내일은 이른 아침부터
돌풍이 불어오고 요란하게 천둥과 번개가 치고 우박을 동반한
강한 비가 내리겠으니 외출하시는 분은 특별히 조심하라 한다
봄이 시들어 가고 여름이 다가오고 있는데 날씨가 시샘하는지
아무리 날씨가 크게 소란을 피우고 세상을 어지럽게 만들어도
잠시 머무를 뿐 며칠 넘기지 못하고 그림자까지 사라지겠지만
그대를 생각지도 않게 홀로 하늘나라에 황망하게 보내고 나서
가슴 찢어지게 돌풍이 불어오고 요란하게 천둥과 번개가 치고

우박을 동반한 비까지 거세게 쏟아지는 인생길 걸어가는 내겐

그 언제쯤에나 그쳐 남은 인생길 콧노래라도 부르며 걸어갈까

# 얼굴이 젖는다

아무리 생각해도 도저히 믿기지 않아 눈물에 얼굴이 젖는다
어떻게 덩그러니 나를 남기고 그대 하늘나라에 가야 했는지
그대가 없으면 세상에 천덕꾸러기로 살아갈 줄 뻔히 알면서
남겨진 세월 바람이 불어오고 비가 내리고 눈보라 몰아치면
홀로 걷는 먼 인생길 갈대처럼 비틀거리며 처량하게 가라고
그대는 잊어버릴 수 없는 아름다운 추억을 가슴에 남겨두고
그렇게 갑자기 낯선 길을 고통스러운 몸으로 떠나야 했는지
홀로 가려니 외로워서 그런다고 우리 함께 가면 어떻겠냐는
상의도 없이 떠나가야 했는지 남은 나는 어떻게 살아가라고

그대 생각날 때마다 흘러내리는 눈물에 아무것도 못 하는데
축 처진 어깨로 한없이 그대를 원망하다가도 그대 생각하면
통증에 괴로운 몸으로 홀로 걸어가다 외롭고 적적할 때마다
얼마나 날 떠올릴까 생각하면 미어진 가슴에 얼굴이 젖는다

# 가슴은 보낼 수 없네

그대 나를 두고 하늘에 갈 줄은 꿈에도 몰랐네
소설 같은 일이 내게 일어날 줄은 정말 몰랐네
곁에 있는 사람이라 영원히 함께 살 줄 알았네
그런데 그대 다시는 돌아올 수 없는 곳에 갔네
갑자기 닥친 일에 그저 눈물이 얼굴을 적실 뿐
세상이 두 쪽이 나더라도 가슴은 보낼 수 없네
남은 세월 미쳐 아무 의미 없이 산다면 몰라도

# 잊어버린 삶

그대 영원히 잃고 나는 살아갈 목적을 까맣게 잊어버렸다
세월은 쉬지 않고 흐르는데 어떻게 살아야 할지 모르겠다
그저 그대가 떠오르면 추억의 길 바람처럼 떠돌아다닐 뿐
살아갈 이유를 잊어버리고 살려니 숨 쉬는 것조차 괴롭다

# 깊은 밤

깊은 밤 잠에서 깨어 벌떡 일어나 앉기를 몇 번이나 하는지
그러는 사이 까만 어둠 저 멀리 갔는지 밖은 환하게 보인다
그대 하늘에 가고 계절은 여러 번 바뀌어도 믿을 수 없는지
잠을 잘 때 무의식적으로 깨어나 그대만 찾아 미칠 것 같다
사랑은 한계가 있는 존재라 아무리 힘써도 안 되는 게 있다
그러니 남은 긴 세월 뜬눈으로 밤을 새워 아침 맞는다 해도
그대 사랑해 잊을 수 없어 생긴 일이니 그 누굴 탓하겠는가
이제 곁에 없어도 그대와 만든 추억 꺼내 가슴 달래 봐야지

아무리 따라가려 해도 숨 쉬는 날까지 세상 떠날 수 없으니
어찌겠는가 운명이 가는 대로 토 달지 말고 잘 사는 수밖에

# 인생이 지는구나

고운 꽃이 지듯 한 인생이 지는구나
정든 품에 잊지 못할 추억을 남기고
말없이 보던 한 인생이 울고 있구나
남은 세월 홀로 살려니 너무 암담해

# 생각했지

아픈 그대 고통을 참을 수 없어 서둘러 하늘나라에 갔지
덩그러니 홀로 남아 두 줄기 눈물 뚝뚝 떨구며 생각했지
이 세상의 의술로는 고칠 수 없는 병이라 급하게 갔다고
하늘나라 치료 잘 받고 회복하면 밝은 얼굴로 올 거라고
남들은 날 아주 정신이 이상한 놈이라 봐도 개의치 않지
그런 믿음이 없다면 어떻게 이 세상 살아갈 수 있겠는가

# 긴 한숨을 쉰다

깊은 밤 잠에서 깨어 말없이 긴 한숨을 쉰다
그대 있을 자리 휑한 걸 보고 미어진 가슴에
그대 하늘에 가고 계절 또한 여러 번 바뀌어
이젠 잊고 살아갈 만도 할 텐데 쉽지가 않다
살 섞고 험한 세상 함께 견딘 관계라 그런지
아니면 함께 만든 추억 꼭 잡고 있어 그런지

# 낙엽 같은 나

깊은 밤이라 어두운데 하늘에 별 하나 보이지 않는다
달마저 구름 뒤에 꼭꼭 숨었는지 전혀 보이지 않는다
그대 잃고 미쳐버린 사람처럼 어스름 헤치며 걷는 길
잔뜩 움츠러든 낙엽이 되어 정처 없이 바람에 뒹군다

# 빈 몸으로 갔네

그대 하늘나라에 갈 때 빈 몸으로 가볍게 갔네
가끔 밤을 새우며 걱정한 것도 모두 놓고 갔네
땀으로 번 돈도 손에 끼던 금반지도 놓고 갔네
그런 그대 보며 난 살아온 날이 몹시 부끄럽네
그 언젠가는 나도 그대처럼 모두 놓고 갈 텐데
남보다 더 잘 살려고 욕심부릴 필요 없을 텐데

이 세상의 것은 살아갈 때 잠시 사용할 뿐인데

그걸 알고 있어도 늘 눈이 먼 삶이라 부끄럽네

# 시장

먹고 싶은 것이 있을 때마다 그대는 시장에서 사 왔었지
그런 그대가 아무 말도 없이 갑자기 하늘에 가고 없으니
먹고 싶은 것이 있을 때마다 늘 홀로 시장 떠돌아다니다
사 온 것을 펼쳐놓고 먹는데 무슨 맛인지 전혀 모르겠다
그대가 시장에서 사 왔을 땐 무엇을 먹어도 참 좋았는데
그대 없는 사이 맛까지 잃어버리고 어쩔 수 없이 사는지
친구와 함께 맛집을 가도 난 뭐가 맛있는지 잘 모르겠다

# 잠이 오지 않는다

밤은 자꾸 깊어가는데 눈에 잠이 오지 않는다
믿어지지 않지만 황망히 그대 하늘에 보낸 뒤
남들 모르게 두 가슴이 만든 아름다운 추억이
한 편의 영화처럼 천장에 떠올라 멍하니 본다

# 길을 걷는데

그대 하늘나라에 보내고 방에만 있는 게 답답해서
마음을 달래려고 하염없이 정처 없는 길을 걷는데
갑자기 팔에 따스한 기운이 솟더니 온몸을 감싼다
마치 그대가 달려와 팔짱을 끼고 걸어가는 것처럼

# 그대

그대를 하늘나라에 보내고 나서 아린 가슴에 우네요
그대는 자신이 세상에서 어떻게 되든 상관하지 않고
오로지 나 편안함을 위하여 괴로워도 세월 보냈지요
그때 그대는 그렇게만 살아가는 사람인 줄 알았어요
그대를 하늘나라에 보내고 나서야 긴 한숨에 우네요
그대처럼 살아가지 못한 인생 되돌리지 못해 우네요

# 한숨을 쉰다

깊어가는 밤 좀처럼 잠이 오지 않아 뒤척이는데
지난가을 아주 먼 하늘나라로 떠난 그대 떠올라
환하게 웃는 모습 멍하니 바라보다 한숨을 쉰다
아름답게 보낸 추억 필름처럼 눈에 스칠 때마다
그 시절이 밀물처럼 밀려와 저절로 한숨을 쉰다
흐르는 눈물은 얼굴을 지나 베개 적시고 있는데

# 밥상

세상에 덩그러니 홀로 두고 그대는 황망하게 하늘나라에 갔지
날마다 정성으로 삼시 세끼를 푸짐하게 차려주던 그대는 갔지
그대 없으니 날마다 떡이나 빵이나 라면으로 간단하게 때우지
그대처럼 아니더라도 주변에 상 차려주는 사람은 하나 없으니
험난한 세상 당당하게 살아가려고 그렇게 허기를 때우다 보면
날마다 한결같은 마음으로 차려준 밥상이 그리워 얼굴이 젖지

# 눈물

그대 하늘에 보내고 홀로 살려니 쓸쓸해
바람처럼 거리 떠돌다 멍하니 하늘 보니
밀려오는 그리움에 눈도 어쩔 수 없는지
두 줄기 눈물로 멀쩡하던 얼굴을 적신다

가슴은 보낼 수 없네

# 가슴은 보낼 수 없네

**펴낸날** 2026년 3월 30일

**지은이** 김효수
**펴낸이** 주계수 | **편집책임** 이슬기
**교정편집** 강병규 | **꾸민이** 전은정

**펴낸곳** 밥북 | **출판등록** 제 2014- 000085 호
**주소** 서울특별시 마포구 양화로 156 LG팰리스빌딩 917호
**전화** 02- 6925- 0370 | **팩스** 02- 6925- 0380
**홈페이지** www.bobbook.co.kr | **이메일** bobbook@hanmail.net

© 김효수, 2026.
ISBN 979-11-7223-152-1 (00810)